己丑杂诗. 三

刘易之◎著

线装书局

图书在版编目（ＣＩＰ）数据

己丑杂诗. 三 / 刘易之著. -- 北京 ：线装书局，
2023.8
　　ISBN 978-7-5120-5657-2

　　Ⅰ. ①己… Ⅱ. ①刘… Ⅲ. ①诗词－作品集－中国－
当代 Ⅳ. ①I227

　　中国国家版本馆CIP数据核字(2023)第167212号

己丑杂诗. 三
JICHOU ZASHI.SAN

作　　者：刘易之
责任编辑：白　晨
出版发行：**线 装 書 局**
　　　　　地　　址：北京市丰台区方庄日月天地大厦 B 座 17 层（100078）
　　　　　电　　话：010-58077126（发行部）010-58076938（总编室）
　　　　　网　　址：www.zgxzsj.com
经　　销：新华书店
印　　制：三河市腾飞印务有限公司
开　　本：787mm×1092mm　　　　1/16
印　　张：10
字　　数：213 千字
印　　次：2024 年 7 月第 1 版第 1 次印刷

定　　价：68.00 元

线装书局官方微信

自　序

钟嵘尝赞元亮云：文体省净，殆无长语。笃意真古，辞兴婉惬。每观其文，想其人德。风华其靡，岂直为田家语耶。

呜呼！

余出愚钝，欲学先贤。勤智难逮，拙力自勉。寻诗觅词，终归晋前。探祖宗之学问，思前人之彷徨。屈子离骚，陶令柳杨。真情实意，无饰清赏。人生一世，诗词几样。叹天地之道，求五行之方。

子曰："小子何莫学夫诗？诗可以兴，可以观，可以群，可以怨。迩之事父，远之事君，多识于鸟兽草木之名。"

自　序

　　钟嵘尝赞元亮云：文体省净，殆无长语。笃意真古，辞兴婉惬。每观其文，想其人德。风华其靡，岂直为田家语耶。

　　呜呼！

　　余出愚钝，欲学先贤。勤智难逮，拙力自勉。寻诗觅词，终归晋前。探祖宗之学问，思前人之彷徨。屈子离骚，陶令柳杨。真情实意，无饰清赏。人生一世，诗词几样。叹天地之道，求五行之方。

湖北大冶　刘易之
共和国七十二年十月

父曰："诗贵乎情。"

正之弟云："骈俪有章。"

目 录

2020年（46首）

年歌·新年快乐！

今年的酒，也没能让你罢休
解酒饮料，不再让你无聊

护暖壮如此强大，让你开心吗
告诉她，你会离不开她

2020年12月31日。

减字木兰花·庚子岁贺母亲大人生辰

天人无问，卅几庆辰谁能胜
普照阳光，举酒吆喝百岁香

黛眉秀眼，聚会冬天深意勉
指点来年，无限开心还在前

2020年12月25日。

读杜诗感作

新昔年少时，难晓母恩慈
朝舞讲台上，晌时勺碗执

感余小时，母亲大人早上教书四节课，中午放学回家做
饭，好不辛苦。杜甫《奉赠韦左丞丈二十二韵》诗云：

纨绔不饿死，儒冠多误身。丈人试静听，贱子请具陈。
甫昔少年日，早充观国宾。读书破万卷，下笔如有神。
赋料扬雄敌，诗看子建亲。李邕求识面，王翰愿卜邻。
自谓颇挺出，立登要路津。致君尧舜上，再使风俗淳。
此意竟萧条，行歌非隐沦。骑驴十三载，旅食京华春。
朝扣富儿门，暮随肥马尘。残杯与冷炙，到处潜悲辛。
主上顷见征，欻然欲求伸。青冥却垂翅，蹭蹬无纵鳞。
甚愧丈人厚，甚知丈人真。每于百僚上，猥诵佳句新。
窃效贡公喜，难甘原宪贫。焉能心怏怏，只是走踆踆。
今欲东入海，即将西去秦。尚怜终南山，回首清渭滨。
常拟报一饭，况怀辞大臣。白鸥没浩荡，万里谁能驯？

2020 年 12 月 21 日。

临江仙·庚子岁再读辛词感作

一岁看书勤勇处
百千指点错词
用心批写彼瑕疵
这番何所谓
只想后昆知

灯下书房夜沉静
初一冬月如斯
阳台桌椅伴花枝
醇风和雨雾
振振有蠡斯

今看一书序言，第一页就有几十处错误。这个大学教授，要打屁股。

2020 年 12 月 16 日。

菩萨蛮·《昌易解字》题

商书汉字前人事，仓颉许慎后生次
乡野尽其能，耽心其所呈

字根释字趣，还虑古人虑
长饮四时酣，酣时字典翻

时为《昌易组字》题。
2020年12月1日。

题记

青山湖趣稚童真，下水扑鱼不畏深
烈焰骄阳红似火，无疆才是猛男人

2020年11月23日。

11月19日 Mark

武宣文庙谁常去，难忘旧闻在壮乡
田野山边街角处，时人更比鳄鱼惶

　　时在广西柳州武宣县，访广西最大文庙未果，当地文革
期间有吃人事。

2020年11月20日。

2020年11月15日寒衣节

寒衣节日去村园，果邑几多旧样田
欲诉故园千万语，且书万语两三言

时在家乡大冶。
2020年11月16日。

2020年11月14日记

乐氏祖屋何处寻，三溪镇里木林村
秋风两袖失魂梦，赤子一心有泰尊

2020年11月12日未时

大冶楚商皆有方，磁湖下午聚一堂
家乡亲友又相聚，再叙祖屋是二房

时在黄石参加楚商大会。

天仙子·敦儿十八岁生日

新冠才知多可贵
无限开心彼无畏
年轻叛逆是安慰
他不睡
随花费
只做粉丝还服佩

2020年10月19日。

鹊桥仙·诉衷情

春熙路上
望江楼下
旧事几番回顾
相约郊外踏青时
当是风筝飞过处

一十七岁
三十四载
今日又来小住
人生若有再同时
难恐天天酣后诉

时在成都参加毕业三十年同学聚会。

2020年10月5日

又题同学聚会

　　当年夜步一环路，曾为沱牌索玛愁
　　九眼桥旁何处去，锦江右岸望江楼

　　沱牌，乃读书期间酒名。索玛，香烟名。
　　2020年10月4日。

　　题同学聚会
　　卅四年前天府聚，紫青翠绿是初心
　　林荫树下花茶味，麻将桌边烟幕情

　　2020年10月3日。

立醒护暖壮

　　千杯无所谓，护暖好积阳
　　从此谁人醉，举杯笑声旁

　　2020年9月28日。

无题

谁家小曲震天馈，南粤秋天有奶茶
万品鲜虾新意处，晚风撩处有云霞

2020 年 9 月 25 日。

忆江南·父亲大人诞辰纪念

那年岁
憨稚未知愁
穷夜挑灯编故事
陈诗投笔戏公侯
难忆旧营谋

2020 年 9 月 21 日。

蝶恋花·刚刚十二岁生日快乐

海上邀约生日会
魔毯随漂
孩稚无何畏
微浪不兴环碧翠
UNO扑克累

旧处知识难匹配
宝贝未来
瞻彼云霞蔚
努力少年诸事对
千般辛苦才悉备

2020年9月8日。

再贺

执龠秉翟去，简兮，踏青翻岭来
卅年才貌事，暖响上歌台

唐代杜牧《阿房宫赋》云："歌台暖响，春光融融。"
2020年8月10日。

点绛唇·庚子岁贺均弟生辰

浓质淡文，旧腔新调净心胜
浅方细证，看我舞天秤

月姊纤弯，弯处关情问
谁相衬，天庭多怎，神府尔通任

2020年8月6日。

8月1日登南昆山天堂顶

天堂顶上众心欢，不怕泼淋雾里穿
愿借天宫神府气，鳌头独占换新班

8月1日在南昆山登天堂顶，海拔1200米，历8小时，约
13公里，计25600步。三子女及妈妈都非常勇敢。下雨地滑，
登顶后雨更大。

六月与众友二阳行

宛洛同行六月天，豫州芒种又一年
中原九派五千岁，还念龙门汉祖贤

六月与友游河南南阳及洛阳。龙门，司马迁也。
2020 年 7 月 25 日。

无题二首

夫子庙前亥夜时，秦淮河里水流觞
六朝不是伤心地，聚叙梧桐今日香

未晓花开岁月深，七十二朵尽迷人
我今笑话蠢愚事，不愿低声与蛙闻

第二首，言某书竟不敢写日本人作者姓名。
2020 年 7 月 25 日。

无题

一片丹心拭汗青，漓江河畔试春心
伏波不晓将军意，岛上回眸鱼似鹰

2020 年 7 月 25 日。

怀赵兄半集句

人怕颊鬓老，情随辞意翔
更从今日醉，三万六千场

2020 年 7 月 24 日。

怀赵克世大兄

山歌未尽，托体山阿
挚情魂魄，随性漂泊
青春一聚，卅年如歌
人生百达，千秋奈何
体幽兰之仙态兮，微踟蹰于山隅
攘皓腕于神祇兮，逐夏日之芙蕖

人逐年华老
寒随雨意增
更从今日醉
三万六千升

2020 年 7 月 22 日。

为7月年会题

开怀畅饮又欢聚，旧友新朋非等闲
千话万说新冠世，当知今岁是欢年

2020年7月3日。

虞美人·庚子岁祝小芳生日快乐

漂洋过海天天累，谁可曾体会
华年只为少年学，月月年年依旧默无言

新时又遇天灾事，百计谋如此
教吟育诵网中求，融会贯通不为疫情愁

2020年6月30日。

二〇二〇年六月廿二又忆

三万七条西北中，胡牌欢笑九筒功
谁家夜半无眠意，才打东风人尽懵

二〇二〇年六月廿二日

天父彼行似旧游，十一年去那时愁
天宫设宴散人会，仙姊随心无任忧

正之贤弟诗云：
先父彼行似旧游
十一年去忘春秋
奈何夏至连重午
如泪清泉心上流

忆秦娥

枝十六
荔枝树下戏嬉逗
戏嬉逗
当年泳罢
铿锵比瘦

清波忘却谁曾游
漓江洪水逝斯流
逝斯流
清辉月影
彼时无休

2020年6月2日。

5月23日成都

草堂深处绿荫下，盖碗一杯难洗尘
古蜀三星真历史，熊猫世外自翻腾

2020年5月28日。

如梦令 · 5/15

常忆吉他线路
拨扫青春烟雾
开唱未来时
忘却和弦 N 处
掩护，掩护
且看朝阳吐露

晨起

朝霞哪管疫情事，春树又呈翠绿芽
还要早晨滨海处，比肩满是跑行家

今天，记录这辈子到目前最低体脂率10.6。
2020年4月16日。

春夜半集句

试悟雨声思外意，更和夜乐享春风
何时月白风清后，举盏欢谈旧钓翁

宋代邵雍《和王安之少卿同游龙门》诗云："数朝从款看伊流，夜卜香山宿石楼。会有凉风开远意，更和烟雨弄高秋。"

其《代书寄南阳太守吕献可谏议》诗云："一别星霜二纪中，升沉音问不相通。林间谈笑须归我，天下安危宜系公。万乘几前尝謇谔，百花洲上略从容。不知月白风清夜，能忆伊川旧钓翁。"

2020年4月4日。

2020年3月28日家庭日

万里浩洋思萃聚，一樽芳醑过涵春
庭中喜见树芽绿，屋上更得锦鸟腾

宋代邵雍《思山吟》诗云："看即青山与白云，寻思没量大功勋。未知乐处缘何事，岂止饥时会茹荤。千首拙诗难着怨，一樽芳醑别涵春。壶中日月长多少，能老红尘几辈人。"

西江月·戌时开心

今夜戌时短信，翻开惊是喜音
匆忙汇报忘形情，再备一杯高兴

前路鲜花烂漫，未来金盏光莹
玉柔仙姊万般情，更有几番娇劲

2020 年 3 月 10 日。

无题

昨夜风花难御时，视频无限女儿知
几番情义几番醉，约奖举人是未词

2020 年 3 月 6 日。

腹肌

夜半无人思考时，三杯下肚有合词
万家灯火阑珊时，记住今天未来时

2020年3月4日。

天香·庚子岁子诚生日

深圳新春，波城旧雪，两地不同光景
才在南粤，飘飞万里，灯下语欢舞影
童声唱处，无限乐，雅倩鲜醒
仙子廊嬛驾到，难顾人间九鼎

又涨几番本领
笑盈盈，稚言还劝
粉嫩已成熟练
赞好谢请，温婉娇娆妍定
纵横后，促膝掌相应
明月又圆，海天永隽

2020年2月23日。

悼赵克世大兄

旧闻过眼眼湿濡，往事据心心熇焚
回首当年初见日，风华诗话诉谦仁

十七日下午看赵兄网上旧闻，难受之至。想卅年前初识场景，历历在目。
2020年2月18日。

青杏儿·步风雨替花愁韵

蛙叫有何愁
猎户现，双子有眸
一番仰望看金牛
云君遮月，天狼辉烁，似占鳌头

己亥是什求
迎子岁，庾信登楼
万千兵马尽筹谋
明天懒觉，后天早起，放心春秋

时疫情在凤凰城寓居。元代赵秉文《青杏儿·风雨替花愁》词云：

风雨替花愁。风雨罢，花也应休。劝君莫惜花前醉，今年花谢，明年花谢，白了人头。

乘兴两三瓯。拣溪山好处追游。但教有酒身无事，有花也好，无花也好，选甚春秋。

2020年1月23日。

元月22日记冠状病毒流感

丙夜清茶起，蛙声聒帐忙
南国呈肃寂，天怒斥愚狂

腊月廿五题

菖蒲一席久，时光何谓长
而今己亥岁，来日子年忙

己亥岁腊月廿五未时，与众友于高尔夫场日料午饮。

2020年1月20日。

腊月廿三题

即将己亥付之流，六色五颜是子年
己短勤攻真有趣，天公看我酒间闲

2020年1月17日。

太常引·共和国七十年腊月廿三东北人小年尊友嘱作

小年又引除夕台
新岁盼中来
靓友伴郎才
酒声里，几般若呆

时光易趣，风华难道
梦幻是童孩
换洗尽成嗨
楼下去，好不快哉

2020年1月17日。

2019年（52首）

无题·爱上
爱上清照
虔词无限好
翻翻魂梦缥缈
千万娆娇

铁马金焱
卷帘看手抄
挥鞭万里年少
一路奔跑

2019年12月25日。

减字木兰花·己亥岁贺母亲大人生辰

馨香逸雅，细曲微歌轻散洒
金凤腊梅，红艳翠青又争回

仙姿在哪，天后永锡康裕假
此刻何为，镜里勾描万寿眉

2019年12月24日。

临江仙·2019

楼下腊梅初放处
九千里外家人
翻书尽是不眠痕
轻读舒写后
又喜见新辰

一岁千般思万事
谁人如我能成
且当年少争逞能
月明星稀乱
随看斗星门

腊梅香

千里一飞此处风
羊汤过后，又到晋中
北国路上树枝空
灯下点烟，发抖发懵

夜渐寒深酒渐冲
书里玉颜，再看笑容
香妍还在字间逢
那又若何，梦里轻松

时在山西晋中参加会议。
2019年12月5日。

定风波 · 此处安心 e 此心安处

一岁秋风拂面吹，又听夜半唱歌声
歌处有人灯下戏，注意，二三小曲勿当真

小曲文词呈奥妙，缥缈，推敲反复有清芬
常羡曲中公子好，胡搅，风帆随浪好安身

2019 年 11 月 21 日。

天仙子·敦儿十七岁生日

驾雾驱车来聚会

欢喜敦儿又长袂

少年勤力是标兵

他专贵

不言累

何处休闲皆智睿

美国弗吉尼亚。

2019 年 10 月 19 日

无题

又闻八桂桂花香，还饮九曲曲水觞

天上三花人世酒，酣食两处整天忙

2019 年 10 月 7 日。

重阳节记

叠彩伏波何处是，三多五美少时家
重阳欢聚油茶宴，晨早喜摘金桂花

时在桂林。桂林有三多路、五美路。三多，即多子、多
福、多财。
2019年10月7日。

与勇弟己亥岁重阳登叠彩伏波二山

转身八桂重阳去，叠彩伏波似壁连
遍望江山无尽处，风光迤逦在今天

2019年10月7日。

宜昌怀旧

宜昌江畔秋分后，傍晚夕阳迎客时
还忆童蒙西姥乐，口音难改笑容慈

首次拜谒湖北宜昌，外婆家乡。
2019 年 9 月 23 日。

9 月 22 日赴襄阳

醉饮东湖在昳时，驱车襄野向乾方
几番辛苦尽书里，思绪还披文字裳

忆江南·父亲大人八十八诞辰

又一岁
再忆稚时痴
潇洒激言挥手处
万千世界是当时
心里乐滋滋

望后晨起遇雨随作

观雨清晨望后时，瞩波池面暇闲词
此时没有昨时恨，绿草蓝天鸟伫枝

2019年9月14日。

中秋集句

一年中秋最月明，千古风流有诗填
今夜酒杯逢潋滟，谁家人影照团圆

集宋诗人黄庭坚、清艺妓李苹香句，有点意思。

宋代黄庭坚《和世弼中秋月咏怀》诗云："<u>一年中秋最明月</u>，也照贫家门户来。清光适从人意满，壶觞政为诗社开。秋空高明万物静，此时乃见天地性。广文官舍非吏曹，况得数子发嘉兴。<u>千古风流有诗在</u>，百忧坐忘知酒圣。露华侵衣寒耿耿，绝胜永夏处深甑。人生此欢良独难，夜如何其看斗柄。王甥俊气横九州，樽前为予商声讴。松烟洒落成珠玉，溪藤卷舒烂银钩。北门楼卤地险壮，金堤浊河天上流。离宫殿阁碍飞鸟，霸业池台连秃鹙。当日西园湛清夜，冠盖追随皆贵游。使臣词句高突兀，慷慨悲壮如曹刘。我於人闲触事懒，身世江湖一白鸥。空余诗酒兴不浅，尚能呻吟卧糟邱。偶然青衫五斗米，夺去黄柑千户侯。永怀丹枫树微脱，洞庭潇湘晚风休。晴波上下挂明镜，棹歌放船空际福。不须乞灵向沈谢，清兴自与耳目谋。江山於人端有助，君不见至今宋玉传悲秋。期君异时明月夜，把酒岳阳黄鹤楼。"

清代李苹香《中秋》诗云："一年最好中秋月，强半都从病里看。<u>今夜酒杯浮潋滟</u>，<u>几家人影照团圆</u>。近霜园果纷盈座，斫雪溪鳞乍上竿。寂寞银屏无一语，半天飞过雁声酸。"

2019年9月13日。

蝶恋花·9月8日刚刚十一岁生日

欢快一天波士顿
游乐园中
没有任何问
聚会木兰一定胜
此时欢喜当发奋

八月十五有点恨
两地月明
在笑那人笨
努力几番歌曲正
一朝酣睡谁发愣

点绛唇 · 己亥岁贺均弟生辰

谨质闲情，舒眉隽发玉言劲
　俭勤有庆，欢快是天定

七月初秋，爱女传佳信
喜相映，瑞神逸兴，又号角声令

　　2019 年 8 月 9 日。

菩萨蛮 · 深夜大雨

阳台窗外夏时水，何家子弟衣湿最
　又怎有宁安，生活有几般

涟漪荷叶处，细看不湿漉
　又看酒茶壶，声声说且住

　　2019 年 8 月 1 日。

7月19日晨记

凭栏远眺海山间，相映楼桥非以前
循道轻哼鸣鸟处，祥和社稷胜天田

时在深圳湾漫步。

虞美人·小芳生日快乐

青春岁月万般好，佳境在叠绕
海边山上尽辛劳，笑语欢声一片是风娇

幽兰茉莉百香草，玫瑰伴银翘
清途妍道有窈窕，万紫千红放眼看今朝

2019年6月30日。

2019年6月22日记

大冶小碟多美味，仁兄贤弟好欢颜
西风回荡东君意，畅饮乡情在眼前

谒金门·南湖追忆

南湖路，蓝蔚绿菁无数
湖北人来东北路，不知谁相诉

还忆那年曾住，寒夜三更梦处
几遍封侯军士护，心思神仙妒

2019年6月24日。

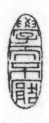

6月23日长春

南湖一路郁葱葱，东北青年笃志中
切问博学思近矣，此时追远眺苍松

子夏曰：博学而笃志，切问而近思，仁在其中矣。

记6月9日桂林遇大雨

滚滚夏洪迎旧主，菁菁绿叶映新人
群山含笑又一岁，八桂今年有印痕

生查子·端午节

去年端午节，粽子香来诱
轻健未回头，知了烦恼后

今年端午时，谁比黄花瘦
深睡枕嫌低，转身湿气透

2019 年 6 月 7 日。

无题

万家灯火夜颜轻，几片蛙声夏晚凉
哈欠连天还酒醉，三更好梦任翱翔

2019 年 6 月 4 日。

浪淘沙

春梦几时留，谁要添愁
十年醉酒似无忧
兄弟无言微笑处，泰若君侯

夜半尽缘由，费力索求
而今掷地万筹谋
且看一番行径处，独上鳌头

2019年5月2日。

23日晨

徜徉一路寻思绪，又到桌边醇酒旁
不为艺文书旧字，愿脱银甲试新裳

时敦儿上课，余一人在步行街喝咖啡、饮酒。弗吉尼亚夏村。
2019年4月24日。

2019年4月22日

夏村晌午好时光，春季东街还爽凉
学子莘莘图志气，少年漫漫喜昂扬

渔歌子·大理两日

苍洱一边酒有没，风花雪月饵丝呗
涮中辣，牛干巴，十八溪水道前随

2019年4月10日。

大理记

雪月风花大理中，上关苍洱下关风
十八溪水十九趣，云碧天高米线通

2019 年 4 月 10 日。

好字

象山水月水蹁跹，贤弟登山望月边
三月初三节日事，懂听壮语是神仙

2019 年 4 月 6 日。

清平乐·评《近三百年名家词选》

清明假日，无赖吃鹅翅

早起翻书词外事，三百年来佚志

荷花风物小桥，残月桃李嫩苗

尽是糊涂堆砌，为何忘却先骄

有感于近三百年词作不大气。

2019年4月5日。

寒食节记

寒食一日千年古，上巳三天百样情

旧趣今欢人世乐，深言浅语我们行

2019年4月4日。

4月2日记

> 流溪河畔几杯情，菁绿叶中尽笑吟
>
> 才记春归有觅处，蓝天一片路光明

有感健身

> 斤斤计较几些年，事事认真多少天
>
> 不必愁眉零碎屑，求全责备是神仙

2019年3月28日。

2019年3月28日家庭日

春分已是六天前，今日家庭节日声
翁主帅哥亲嫩意，十七长子上一层

2019年3月26日午时

十四年前必敬斋，而今相伴再酣玩
春天首尔几番醉，最有心情大母山

时在首尔必敬斋饮。

月光

几曲一番士不习，三声九处任风吹
首都半夜谁酣醉，明早漫谈无限威

《尚书·大禹谟》说：士不习吉。时在北京烟袋斜街。
2019年3月23日。

有感

摔杯只为誓功名，星占怎知我战行
三百年来莫卧事，世间风雨赖神灵

读《巴布尔回忆录》有感。
2019年3月22日。

西江月·夜来无限开心

三喜信息催醒，难遮心腹寄音
一时寻酒盼能因，忙拭桌几尽兴

哪里不知乾卦，同来佳酿盈杯
回时怀里万依偎，只想轻声喜对

2019年3月11日。

无题

一盘牡蛎忆于连，九处盘缠会桌前
饮罢欢谈昆季事，捉鳌揽月有缠绵

2019年2月26日。

菩萨蛮

梅林何处相思醉，晚云片片有欣慰
夜语尽真诚，不需再逞能

此刻勿多喝，无情别唱歌
红茶花力气，酒脯用心记
镜里有馨情，骚人灯下吟

无厘头。
2019年2月24日。

两句

今夜雨滴陪入睡
南山何处相思醉

看盘子诗句尚可，路上偶得两句。
2019年2月23日。

2019年2月22日记

又逢一岁孟春季，更看四周芽绿新
将就难堪年少志，精勤不负棣华音

江城子·己亥岁初思念父亲

十年生死两茫茫
难思量
不曾忘
一处孤坟，万语话凄凉
再见廊嬛当喜识
耽晤面，识鬓霜

夜来魂梦怎还乡
那新窗
佳人妆
喜怨一时，眼角皱纹装
且置每天酣醉处
满月夜，泪千行

2019年2月18日。

天香·己亥岁子诚生日

妩媚纤纤，声无数
热烈新春有趣
翘指扬眉，低音轻语
辨是廊嬛仙女
分明辛累，庭院里，还要玩具
尽管书藏邺架，只思追逐继续

清晨读论语

未识的
皆无有惧
他日翩翩忆起
风荷尽举

今岁开心遭遇
唱声丽
柔旋舞情曲
明睿清新
人生之序

无题

十年已做道中人，两耳还听窗外音
耽误捷足皆命事，庭前屋里自风馨

共和国七十年正月初五记

　　牛日开心踏贵途，猪年勤力驭长风
　　天香无限心中事，又去钓沽仁美宫

戊戌岁末

　　又是除夕团聚日，佳期慢慢唱歌声
　　三星猎户抬头是，欲语还思塞北春

别怨·一九年初于波士顿

一天别在乎，志气少年出
几处曾何悟，开心当有夫

翩翩公子富，领袖百千舒
夜色月新处，洋装配袖珠

元月二日即作记昨日与勇幸之贤弟饮酒

昨日能人几处干，今晨可有宿醒憨
语言不尽开心事，深杯之外是仙山

2018年（89首）

减字木兰花·戊戌岁贺母亲大人生辰

满庭玉树，费尽华年来灌注
三处闲情，爱把挚诚去比拼

天鸡早报，寿比南山还更俏
祖上恒言，福似天泉无限甜

2018年12月24日。

十日之饮

时光只会催人老，三友还应寻酒醇
前路来途无限意，杯边十日效先神

2018年12月20日。

临江仙@2018

卯起咖啡情已醉
又来踱步寻诗
一年过去太多词
友朋平仄叙
酣处五行痴

无谓新能和旧遗
干支丑未始知
几番努力更如之
新年新气象
旧智旧心思

2018年12月15日。

渔家傲

朱家角里小河边
几处欢声今夜是
时间不让想昨日
食少才能不醉矣
当面起
一番占卜有丁己

十岁功夫谈论事
奇门遁甲皆心智
贤弟洪福天所赐
无不治
阳平尽属汉中世

2018年12月11日。

无题

轻轻几处甩钱包，今夜何时云伴霄
无谓他番遮月事，只同昆季酒通宵

2018 年 12 月 6 日。

11月末到南宁访世兄

又把千杯藏肚忙，越南一顿齿唇香
邕江高地夜中望，昨日瞎拼明日强

2018 年 11 月 30 日。

11月24日

一天几部影片观，惊浪俗情好几番
戏剧世家帷幕下，墙中又在卧房弯

昼颜、悲伤逆流成河、狼孩子、无问西东、敢死队3、敢死队4。

11月21日到韩国釜山蔚山

合符之地几时寻，才到釜山又蔚山
冬日蔚蓝东北美，一年枫叶满城观

《史记·五帝本纪》载：黄帝战蚩尤与炎帝之后，四方征战，以消除战争隐患。而后"合符釜山，而邑于涿鹿之阿"。

长命女·戊戌岁彦琛贤侄生日快乐

秋日末
几处闲情不做作
一岁轻轻过

屈指几多美甲
还把美鬓梳握
窗外阳光屋内落
放任心中舵

2018年11月9日。

十一月六日记

滨河路上何人闲，红树湾中谁会眠
今夜开怀星夜事，举杯潇洒九杯连

纪念重庆事件年轻司机

    重庆机司无所畏，心随风向去兹方
    渝中夜景廊嬛处，月姊清心打扮忙

    2018年11月4日。

与浩生兄下班时于车中相饮

    一路碰杯是酉时，东边来客比开心
    三番醉意付相聚，浪漫生活还打拼

    2018年10月30日。

甘州曲·时子健一旁写作

夜深阑
星淡转
酒中堪
一时又想五杯干
淳雅透三观
年终矣
谁又欲蹒跚

2018 年 10 月 29 日。

周日与申君午时有醉

只把心思区块链，又将情谊万年青
几般武艺何时试，六线吉他谁去听

2018 年 10 月 28 日。

赠国辉兄

那天慈善见欢明，前夜飘香酒随行
愚弟何曾情绪苦，诗书轻快是初心

2018 年 10 月 28 日。

无题

总有星空无限意，前天梦里尽苍穹
天文台是广州好，相会深杯谁愿逢

2018 年 10 月 25 日。

风流子

两地时差有几
四日出门飞起
　天漫长
　路遥迢
仰望湛蓝心喜
　　酒意
　　无忌
但举深杯相礼

2018年10月20日。

天仙子·敦儿十六岁生日

十五开心齐聚会
欢乐夏村才酒醉
而今飞越太平洋
又一岁
人不累
勤奋求学年少贵

2018 年 10 月 19 日。

中秋返深途中思绪

每望桂山浮想联，此中可有几神仙
时光不复青春驻，风雨之中养美颜

母亲大人在微信中说："诗情画意太美了。"时路上蒙蒙雨。
2018 年 9 月 24 日。

廿三日游

银子岩中不用钱，漓江水上未曾别

桂林积古情无限，更有晚灯照醉眠

2018年9月23日。

与西友游阳朔

初来印象刘三姐，场面灯光似有缘

最怪千人山水秀，不知其作何处言

印象刘三姐，没有主题，只在乎场面，东扯西拉。

2018年9月22日。

忆江南·父亲大人八十七诞辰

几多趣
纵论字书诗
满腹文章谈旧事
一杯佳酿谱新词
戏语醉言痴

2018年9月21日。

"九一八"八十七周年记

八十七岁忆当年，黑水白山天恨前
九域苍生多血泪，四方寰宇有豪贤

2018年9月18日。

台风二

山竹不凶，树大招风
沿途风景，狼藉此中

2018年9月17日。

台风

山竹肆掠吹，书味热沈飘
家府温情暖，市城行意悄

因台风"山竹"，在家一日。
2018年9月17日。

蝶恋花·9月8日刚刚十岁生日

逐浪只因生日会
游泳海中
当下无何畏
一众少年皆宝贝
倾听笑语谁不醉

烧烤烟飘油腻味
熟练生习
父母多欣慰
夜色铺开夕色褪
还思游戏不思睡

2018年9月8日。

赞《最后的棒棒》

何苦翻开一处痕，用心精致成永恒
几多天下难言事，只为此间曾是人

看电影有感。
2018 年 9 月 1 日。

自嘲

为练腹肌勉力求，卧床三日始尝愁
健康不是嘴边事，只想时光能倒流

2018 年 8 月 29 日。

自贺《健康之路》提纲初稿29日卧床时完成

卧榻更思轻健路，立时兴起样初成
热心相伴腹肌泪，竖耳期听指掌声

2018年8月29日。

如梦令·腹肌抽搐无限痛

八次腹肌抽搐
汗泪全难抵住
何欲复何求
本想健康一路
领悟，领悟
锻炼真的辛苦

26日亥时初，陪女地上玩，忽腹剧痛。27日卧床，姿势不变，实难受也。三日未大便，食亦少，不饥，腹肌肿胀。
2018年8月28日。

如梦令·锻炼受伤

近日几多锻炼
笑语欢声一片
昨晚转身时
痛感腹肌撕裂
难掩，难掩
肌肉抽筋可见

2018 年 8 月 27 日。

再记抗战一千七百空军英雄

且把衷心比宋唐，终将热血续春秋
神州九域百千万，尽是天兵何所愁

近些日子锻炼，腹部肌肉拉伤，昨晚十点始，剧痛五次，其状欲绝，现躺床上，不能动也。
然忆及此事，又感慨万千，作诗记之。

2018 年 8 月 27 日。

寅时感题

廿三年纪如花绽，誓死孝忠无愧寒
千古青春出战事，家国一片泪襟衫

忆国军空军勇士。

百十一天记

百十流月光阴慢，一百十一日子长
嗟叹沿途无远绩，钝儿行慢又彷徨

自〇九年六月廿二先父驾鹤至今，已百十月，祭无食有百十一天矣。
2018年8月22日。

周六早上

茉莉花茶香齿颊，白兰地酒有乾坤
十年沉醉糊涂事，睡醒还叩梦里人

2018 年 8 月 18 日。

抗战胜利七十三年

江村锦绣忆当年，多少流离失所人
残月无声英烈吼，青山有雨义魂痕

73 年前的今天，先辈们无限开心，没有更开心的事情了。
2018 年 8 月 15 日。

题《戊戌销夏册》

戊戌销夏册当前，隽美飞翻在指尖
尽是用心工匠事，几多浮想更流连

销夏，消夏度日也，古人古玩书籍贯用名，"销"同
"消"。
2018 年 8 月 14 日。

点绛唇·戊戌岁贺均弟刀哥生辰

又到立秋，欢声笑语舜颜秀
诗词阗凑，安健清识久

放任时光，消掉额头皱
这青春，风华依旧，勤勉朝阳后

2018 年 8 月 8 日。

西江月·自贺《己丑杂诗二》落笔

诗事今人不懂，谁家理会文章
孤平又遇懒虫郎，只有廿番懵上

词句随心所赏，搜肠刮肚哪方
三年修改又何妨，就要追从祖样

时改廿稿。
2018 年 7 月 31 日。

7月27日记

今夜漫长何所谓，杜康九盏胃中催
争言纷论出真理，文质雅闲举酒杯

有感岳云

岳家长子震天呼，锤落战牌是后生
夕日难拼朝日艳，千年血雨有缤纷

2018年7月26日。

记大暑与子厚练球

几天相伴无穷趣
挥手举杆听我言
若问行经潇洒处
功夫还在练习前

2018年7月24日。

一剪梅·竹篓

竹篓轻轻无限回
意在此中，放纵心贼
闲情飞越谁人陪
无谓钱囊，今夜不颓

暴雨咚咚前夜垂
敲打愚夫，奋力起追
书生心意哪人随
开会筹谋，吃雉当肥

2018年7月20日。

与子诚及众兄弟雨夜喝咖啡香茗白兰地

雨夜咖啡呈兴趣，香槟普洱比瑕疵
酒中滋味无穷尽，话外余音有致知

2018年7月18日。

无题

夏雨一时玩乐趣，淋湿几位路中人
绿菁仁立随风摆，又似无言仙树神

2018 年 7 月 17 日。

一剪梅·今夜开心

今夜开心酒处随
未来可期，当下有为
几番努力腰没垂
闲暇功夫，一路减肥

月色初来何处北
词家最爱，一朝剪梅
灯下翻书心在飞
唐主汉翁，万钧霆雷

2018 年 7 月 14 日。

再题

夜景斑斓月色中，海边湿地送微风
才识新晋无穷乐，等看哨笛吹奏中

时观看足球赛。
2018 年 7 月 12 日。

七月上旬周末

雨雨停停仲夏天，欢欢喜喜少年闲
读书锻炼好能力，看球游戏不流连

2018 年 7 月 9 日。

七月四日记

起早一杯欢喜水，廿十分刻在车中
留香逸趣小仙女，无限开心清爽风

无题

雨夜返程球赛后，车人迷路笑跟前
一年仲夏面前过，不忘肩责好眇绵

时世界杯足球赛。
2018年7月4日。

一剪梅·几处愁眉

几处愁眉总是娇
何时开心，喜上枝梢
一般苦恼不折腰
事事倾情，随意接招

昔酒无时不在邀
袒胸何惧，贤弟推敲
今朝水下圆月捞
举重如轻，且看明朝

2018年6月29日。

江城子·又题世界杯

夜来世界尽足球
怎么谋
都发愁
冠军离开，多少想跳楼
欢喜新人今努力
无言语，真的牛

2018年6月29日。

题二〇一八年世界杯

世界杯中无限酒，晚餐酣醉复青春
不说冲撞摔跤事，只道轻松在后昆

2018年6月26日。

二〇一八年六月廿二日

晨早点香无限意，像边叩首尽哀思
九年一去何音笑，千载长存是父慈

两句

桂山新意思
此夜旧清新

时年会。
2018 年 6 月 13 日。

九周年祭

松树蓝天下，云中君子息
轻松无虑后，且看挚儿敌

2018年6月13日。

六月十二日桂林

雨后山城美，云中紫殿忙
九年才过去，万步不彷徨

浣溪沙·自贺

二秩年前曾似见
一番喜练又重来
欢心努力自开怀

今日几杯白日酒
他年多少逝年霾
小桥私语上楼台

2018年6月9日。

感幸之言荔枝时邀众贤弟去全球第一家区块链餐厅欣题

荔枝树下十年步，区块链前三五杯
正稻几人来敬酒，元征数士又欢飞

2018年6月2日。

偶作

聆听窗外树，默任鸟声嘻
聒叫为谁戏，何时换羽衣

2018年5月27日。

五月廿六日同正雄兄

游泳一公里，没涂防晒霜
风光无限好，无意脂肤伤

两句

酒后不知何处去
罗湖夜景是仙乡

2018 年 5 月 23 日。

子健写书赞

夜幕安然年少谋，欢声定后景云楼
谁人得似刘公子，写本书来无所愁

2018 年 5 月 20 日。

五月廿日夜

童声溢满夏时夜，稚语飞飘落日窗
尽管晚餐不嗜酒，无边欢喜过云装

如梦令·五月廿日晨

销夏几杯曾醉
无梦缤纷入睡
清早醒来时
楼下欢声倚翠
娇贵，娇贵
牵手万分妩媚

时醒来闻楼下女儿玩耍声。

戊戌春三日晨起想到第一句而作

一夜春霖枝叶落，几声笑语酒精冲
乾坤不是过来事，热手疾书不世功

早晨去办公室路上，第一句浮跳在脑海，才知道诗不是拼凑的。

2018年5月10日。

长沙读书记

长沙两日锁阁楼，时望湘江北逝流
霏雨晴明浑不感，读书领悟去愚愁

2018年5月2日。

登衡山感郴侯书院

郴侯三万插书事，家父一屋胜似金
别道学识为旧矩，彬彬文质是新情

父亲大人是藏书家。
2018年4月28日。

五一登衡山磨镜台麻姑献寿

磨镜台前劲霸松，英雄翁主行似风
麻姑已是千年事，忠烈当真昔日功

2018年4月27日。

4月28日晨作

虫噪鸟鸣晨早计，英雄无谓梦中惊
艰途不是话前事，风景翠微无限情

路过薛涛公园次其韵

一路春风远，飘香唇齿声
当年争气力，功课有凄清

时在成都。
2018年4月25日。

成都成都

静喧学校尽年轻，早上一游似旧情
景是人亲无虑处，街非路阔有闲荫
读书夜课灯光下，麻将晨茶鸟语临
成都茶馆最为好，飘雪一杯诗可吟

2018年4月25日。

评上官婉儿

一天配入内庭后，聪慧善文名位雄
宰相巾帼为重用，诗人靓女有光隆
从此书学掌管事，于时风雅品评功
何数词臣趋彼趣，一朝血雨尽秋风

2018年4月22日。

题班婕妤

几声云梦婕妤处，才晓班姬俊乂人
数首轻诗当上品，一朝千岁是文神

2018年4月22日。

感四月十八日晨与子健对话

鲑珍满案无欣意
佳酿几杯有喜颜
清早才言书写事
又说子建是诗仙

七点刚过，子健即醒，云：爸爸我要起床了。余问：为
什么这么早起。答曰：我要写书。

哈哈，余无限开心，继而与其介绍另一子建，曹子建。
《诗品》中把他列为品第最高诗人。王士禛尝论汉魏以来二千
年间诗家堪称"仙才"者，曹植、李白、苏轼，三人耳。

2018年4月18日。

早晨

窗边鸟语噪清梦，催醒东床梦里人
相伴迎春晨计处，一天欢喜奋盈成

2018年4月17日。

周日晚

红树湾旁广场边，几群歌舞闹闲人
晴时雅鉴雨时趣，料峭仲春百事成

2018年4月15日。

诉衷情·喝咖啡

春夜，明月，桌边现，树荫时
欢聚处，夜幕，任风迟
晚上想清诗
填词
还思子建喜
梦中绮

2018 年 4 月 15 日。

2018 年 3 月 28 日家庭日

夜来漫坐咖啡处，仰望月圆伴轻云
新岁春天皆有趣，一家五人尽欢情

步白居易《大林寺桃花》

人间二月芳华正，山里几多风彩开
谁道不知觅春去，韶华一遍此间白

一天都在想白居易的《大林寺桃花》。其诗云："人间四月芳菲尽，山寺桃花始盛开。长恨春归无觅处，不知转入此中来。"
2018年3月16日。

无题

日夜饮醇酒，朝夕醉北窗
梦中何处事，但忆幼时忙

2018年3月7日。

菩萨蛮·新年

新年区块有清水，四七多少币圈泪
回想链人摊，几时又再攀

青春当趣叙，毕竟九〇聚
别道再骑驴，几分努力屈

2018年3月1日。

香格里拉夜晚

漓江洞径抬头赏，暮色轻舟吟唱旁
几盏不知何处醉，欲言鸬鹚称霸王

时在桂林，漓江边餐厅。
2018年2月22日。

菩萨蛮·初五出行

过年庭院翻书看，太多古旧贤人赞
有女同车行，今天去桂林

翱翔佩玉琚，欢快无穷趣
两处岁新时，三分春意词

诗经："有女同车。"时去梧州。
2018年2月20日。

无题

此时哪比那时迟，且作新春欢快词
去岁辛勤无限意，青年努力无悔之

2018年2月6日。

悼伟连兄

茫茫天数奈何求，还忆那时酒后愁
世道兴衰无所谓，月宫漫步不须谋

2018年2月2日。

半夜思父集句

夜读三万字，为念尔音容
星宿流终夜，谁心悲未央

朱熹《祭墓文》云："岁序流易，雨露既濡。念尔音容，永隔泉壤。一觞之酹，病不能亲。谅尔有知，尚识予意。"谢朓《暂使下都夜发新林至京邑赠西府同僚》云："大江流日夜，客心悲未央。"

2018年1月27日。

读后有感

籍祖坦然欲取之，陈吴振臂始一回
春秋以降未曾见，此起彼伏英烈垂

项羽旧事。
2018年1月18日。

因子由句有感

八桂甲天下，巍峨是蜀央
榕城才岁半，又去巽方扬
少年有兴趣，青年力舒畅
中年想成就，晚年喜文章

子由诗云："少年喜文章，中年慕功名。"
2018年1月4日。

2017年（70首）

感言

四十九岁前，专致不知常
怎样去松下，今天的臂膀

2017年12月30日。

宝贝

鲜花哪有稚花香，周日才知何日强
别道逸明争晓事，又说美女总吉祥

寿勇贤弟说：永安康。
2017年12月28日。

减字木兰花·丁酉岁贺母亲大人生辰

子孙欢笑，喜庆高堂今又俏
还是年轻，几首情歌比翠青

经年累岁，诲范穆懿天下最
弥日亘时，慈爱祥和家里词

2017年12月24日。

12月22日之无所题

冬至街边店，吉时桌上言
夙兴还夜寐，新岁誓师前

如梦令 – 应辉弟之邀而作

路上灯光影盛
晚酒几杯放任
且跑且欢歌
举臂挥驱愁闷
深圳，深圳
你我青春无恨

2017年12月16日。

临江仙@2017

夜饮火锅仍未醉
返家又赏清诗
还听陶祖来去辞
不知何更好
再续酒中痴

只恨昨非喜今是
开怀几度感知
晚来起念旧相识
一杯无事酒
牵惹万般思

2017年12月15日。

忆江南

心形役

惆怅哪何悲

月照池塘松树影

有酒盈樽南窗偎

翘首复兮归

2017年12月11日。

读唐庚诗感作

初冬还累阅读忙，晚酒几杯牵挂长
至此时节觅佳句，愁情五地思念扬

宋代唐庚《春日郊外》诗云：
城中未省有春光，城外榆槐已半黄
山好更宜余积雪，水深似欲倒垂杨
莺边日暖如人语，草际风来作药香
<u>疑此江头有佳句</u>，为君寻取却茫茫

时家人分处五地。
2017年12月6日。

11月21日晚感认真而作

兴咬菜根事可成，趣观书蛀册还恒
只知文字非嘻戏，才晓诗词好认真

菜根，源明洪应明《菜根谭》，自宋汪革语："人就咬得菜根，则百事可成。"

如梦令·巴厘印象

街上人头无数
沿路神明相辅
风景更新鲜
院内阴阳两住
车堵，车堵
云矮枝青路促

2017 年 11 月 18 日。

题游

情人涯上游人会，花树枝前影客逢
椰子汁中东南亚，海桐树下晚秋风

2017 年 11 月 17 日。

九月丁未记梦

一觉醒来闻鸟语，梦中几事往怀呈
既言笔法无专意，还道藏书有憾情

时梦颇多。一请人到旧三楼书房，人有微词。一遇几人
写字，言余字不专。
2017年11月17日。

访泉岳寺

泉岳寺边血溅石，三十五岁痛心词
卅七义士无何畏，但把忠心手上持

时在东京。赤穗事件主人有绝笔。
2017年11月15日。

九月乙巳访上野公园

上野一行初入冬，枫红雨蔼似轻松
西乡像下谈高士，数寄园中论趣空

上野公园有一条幅"数寄园"。
2017 年 11 月 14 日。

梦中梦

梦中又梦挚情深，细诉世间自在人
醒后知缘佳日到，空嗟圆月早托魂

中秋节前夜，十月三日，于华盛顿，梦中有梦，与父说
弟之物理考试，醒后犹新，缘佳节到也。

2017 年 10 月 14 日。

华城中秋节半夜

寅时寤宿望窗口，月姊高悬在那头
不晓一酣天上久，担心美色独自愁

2017年10月6日。

两句

身在ＤＣ心在汉
一人评讽几人欢

2017年10月2日。

自嘲

不把醉人当子棋，又将盘键作琴弹
有钱难喜无钱饭，年老要说年少言

自认为后两句非常励志。
2017年9月26日。

忆江南·父亲大人八十六诞辰

儿还忆
几笑嫩情欢
下午不多陪子漫
闲来教我笔中端
只有稚言攀

2017年9月21日。

钗头凤·争应

清和乐，舒还色
晚来风带莹澄彻
波光影，冰轮定
喝何时酒，贺谁家庆
幸，幸，幸

别说这，差言涩
望回一路几般忒
心高领，神清醒
比先评后，此中争应
劲，劲，劲

2017年9月19日。

蝶恋花–记9月10日海边帆船练习

曦静水平人入梦

昨夜笑声

海上微风送

摇橹扬帆年少众

辛勤欢快把船弄

前几还曾风虐痛

现在良辰

波浪轻声嗡

险阻难填童趣空

管他比试谁高中

2017年9月11日。

9月7日晨起乘火车返深

　　白云映带黄鹤路，朝日洒辉游雁天
　　楚地再怀吴子事，郢城旧趣二千年

琴台游

　　琴台园里念钟俞，沧浪亭中赏月湖
　　但想知音相聚后，几多感趣忘蓬庐

　　钟俞，即春秋钟子期和俞伯牙。
　　2017年9月7日。

返乡

哽咽村中慢步行，祖屋旧址季昆明
果城里在树藤下，乡酒几杯念父情

时到刘仁八，母亲大人激动哽咽。
2017年9月5日。

中元节陪母亲大人舅老爷姐弟返刘仁八

中元返祖鄂东行，应景舒歌唤逝情
白鹭几飞田野处，家乡葱郁咸克宁

时车上母亲大人说要应景唱歌，舅爷遂唱《故乡的云》。
后见田野处几只白鹭飞起，一片安祥。

9月3日到武汉

放鹰桥外新汉街，闲坐咖啡待不言
阴日不应随处逛，藕汤才在齿颊间

8月22日于美东杂记

驱车左右美东城，游戏开心同稚神
闲坐细谈规划事，晴天毫无日食痕

昨日午后二时许与新友午餐后出门，遇雨，遇三十九年
不遇之日全食。

题前秦符坚

永固一人战事言，北方来到东晋前
哪知淝水一战错，百万大军成鬼涎

2017 年 8 月 16 日。

点绛唇·丁酉岁贺均弟生辰

此刻开心，而今努力多潇洒
兢勤高雅，更举托天塔

岁月流逝，谋划还能打
高擎帜，征程始驾，仗仗皆兵法

2017 年 8 月 9 日。

开心

楚国多嫩俊，才饮在磁湖
一片风光好，家乡秀美无

2017 年 7 月 28 日。

赞唐汾阳郡王

忠武勤王勇智事，功标天下尽无疑
臣工拥戴仁忠处，八四老人马上骑

2017 年 7 月 28 日。

评李公

德公少壮意风发，横撞直冲英勇杀
终世英名无畏处，夕阳残照桂西家

李宗仁也。
2017年7月26日。

因刺客列传评唐孟潇

唐公败退太差了，何不切腹谢逝人
佛教将军求战事，用兵随意害众魂

唐生智也。
2017年7月26日。

赞唐右羽林大将军密云郡公高仙芝

高原威武用奇兵
西域神功战马轻
封二还言当日事
义仁铁骨后人明

纵观中外古今，能在帕米尔高原极度恶劣环境下率大军两次出击战胜，仅高一人。斯坦因说应为其立碑。赞同。其祖韩人。

《旧唐书》载："仙芝又目常清之尸，谓之曰：封二，子从微至着，我则引拔子为我判官，俄又代我为节度使，今日又与子同死于此，岂命也夫！"

仙芝在怛逻斯战役被白衣大食，即穆斯林，打败后停止了唐朝百年来往西扩展的运动。这次失败改变了世界史。

子敦说：白衣大食，准确的说是阿拉伯帝国第一王朝伍麦叶（Umayyad）王朝。

2017年7月24日。

菩萨蛮·再再自贺

翻书无数真心往，青灯黄卷无惆怅
字里行间时，涂乙反复辞

五行八卦远，还要时常演
无谓道之闲，今天难怨言

2017年7月19日。

十六字令·再自贺

书
七岁时光伏案出
此时晒
游戏滞心乎

2017年7月19日。

如梦令·再贺《中国古代术数基础理论》出版

伏案七年无数
索隐钩深远古
梦中游戏前
洪范五行相晤
耽误，耽误
但把时光欢度

2017年7月10日。

西江月·自贺书籍出版

日日书房翻阅，朝朝卅稿念思
自喝自饮自开怀，今喜一翻觉是

清楚几多岁月，只当醉客胡言
不须戒劝与轻闲，看我时光吟铃

2017年7月9日。

里昂印象

梧桐高耸忙荫蔽，路里行人栉比祥
桥上东张西望去，蓝天碧水夏风凉

2017 年 7 月 6 日。

慎独

大白几浮多，且听渡口曲
只将乳酪品，无谓树阴徐

渡口曲：公乘不仁为觞政。
2017 年 6 月 25 日。

乌云

海上飘终日，云端何似仙
船中浮大白，天下在指间

2017年6月25日。

八周年

夏至炎炎雨尽连，招呼旧友事难闲
感情岁月匆匆过，难忆当年言语前

2017年6月22日。

读白诗《听弹湘妃怨》

昨日萧萧雨连连，书房茉莉曲难闲
怎说曲里愁云雨，此刻蝉声过眼前

2017年6月18日。

题商山皓

贞寿隐德嘉遁古，商山四皓进微言
不知己卜朝中事，还是留侯计策阗

四皓，秦末信奉黄老之学的博士：东园公唐秉、夏黄公崔广、绮里季吴实、甪里先生周术。

曹子建《商山四皓赞》云："嗟尔四皓，避秦隐形。刘项之争，养志弗营。不应朝聘，保节全贞。应命太子，汉嗣以宁。"

2017年6月15日。

锻炼

逍遥路上有歌声，稼穑途中无怨言
好似轻松成就事，少喝几盏绪思连

2017年6月14日。

西江月·夜半

夜半信息吵醒，翻翻终是喜音
前天还忖是何因，当下开怀高兴

不想开爻算卦，只将佳酿盈杯
晨来再入梦中偎，一路欢歌喜对

2017年6月10日。

感唐太宗之百字箴言

寝食应戒无名酒，无义有德要辨分
克己守心明闭却，功名不退在非争

唐太宗《百字箴》云：

耕夫碌碌，多无隔夜之粮
织女波波，少有御寒之衣
日食三餐，当思农夫之苦
身穿一缕，每念织女之劳
寸丝千命，匙饭百鞭
无功受禄，寝食不安
交有德之朋，绝无义之友
取本分之财，戒无名之酒
常怀克己之心，闭却是非之口
若能依朕所言，富贵功名可久

五月底游宫古来间岛

伊良部外来间岛，展望台前四面风
云海相亲澄碧处，时光总爱自然中

2017 年 5 月 24 日。

且欢题临潼

帝陵今日好开心，秦始先皇忘扶苏
廿二百前无所谓，但当一笑项王呼

2017 年 5 月 23 日。

泣夏老娘

旬天还忆语绵绵，更劝一杯把酒连
今日且欢西旅去，回天无术泣当前

2017 年 5 月 14 日。

五一

天夕短驾行，日暮还开瓶
权把酒当水，不听梁父吟

又缩李白《梁甫吟》句："投壶多玉女，大笑几开光。
倏烁无风雨，阊阖看辅章。"

2017 年 4 月 29 日。

记今晨与辛贤弟喝至寅时

诗酒不闲多，千灯春夜磋

晨来还未够，琴曲有今昨

2017年4月21日。

三月己未庚申访青城山等地

青城旧地郁葱葱，锦里一街喜气拥

丞相祠堂听往事，蓉城今日好隆丰

2017年4月15日。

题柳州紫荆花遵敏友嘱

紫荆树下人拍照，三月龙城路满花
文庙水山春有意，蟠龙装扮柳人家

题赵兄之梦幻般漓江照

云雾如烟尽画中，梦行四野水流东
此时只想灌山醉，赁住琅嬛无量宫

2017年4月5日。

清明节因读旧诗而作

不恨春天雨雾蔽，绿枝葱郁正此时
物飞可占皆昔意，看我天清闲处词

杜甫诗云：？
2017年4月5日。

打油诗题喝酒

喝酒伤身体，友情可见增
智商还往下，感冒就滋生

2017年3月30日。

2017年3月28日第一个年度家庭日

家庭日里春光煦，东莞虎门历史详
蹦跳开心娇女笑，认真读看两儿郎

评扁鹊治秦孝公之不成

渠梁之未治，扁鹊不为精
治体非医药，还需百用行

2017年3月28日。

天文台

冬至春分一愰过，繁星闪烁不语言
只因尧典几句话，累煞后生难有闲

《尚书尧典》云："乃命羲和，钦若昊天，历象日月星辰，敬授人时。分命羲仲，宅嵎夷，曰旸谷。寅宾出日，平秩东作。日中星鸟，以殷仲春。厥民析，鸟兽孳尾。申命羲叔，宅南极，曰交阯。寅敬致日，平秩南为。日永星火，以正仲夏。厥民因，鸟兽希革。分命和仲，宅西土，曰昧谷。寅饯纳日，平秩西成。宵中星虚，以殷仲秋。厥民夷，鸟兽毛毨。申命和叔，宅朔方，曰幽都。寅在易日，平秩朔伏。日短星昴，以正仲冬。厥民隩，鸟兽鹬毛。"
2017年3月20日。

无题

窗前音乐飘，灯下诗书瞄
一品绿茶味，绪思春意妖

正之贤弟又作："窗前古乐飘，灯下旧书黄。一品绿茶味，梦回古山房。"又"窗轩读九歌，灯下咏离骚。一品绿茶味，春思化逍遥。"
2017年3月18日。

菩萨蛮·努力

想和你去不知道，几杯下肚还觉少
今天要开心，明天看我拼

一时有滋味，千万别后退
夜半还听歌，明朝快上车

2017年2月9日。

丁酉岁初日访 Sakyamuni　Buddha 诞生地

立春圣地身诚游，瞻忆仙神王子形
俗众哪知人世异，千年春雨育魂灵

2017年2月5日。

无题

初三午后懒阳光，游旅酒酣两处伴
只把新春当旧事，还觉有志胜瞎忙

2017年1月30日。

无题

逛语连篇非士人，学良败类耻难闻
忘乎祖辈战杀事，且想道之推背成

2017年1月27日。

《切腹》有感

五十五岁前影片，三遍还觉意未犹
勇士一时折腰事，难当辱耻不当愁

2017年1月27日。

无题

一日四州匆忙过，北国冰雪尽新鲜
茫茫皑皑思春日，暂卜秋学落哪间

2017年1月10日，经过麻省、罗德岛州、康涅狄格州、新罕布什尔州，参观了 Cheshire/Tabor 两所学校。

2017年1月11日。

望江南·东北旅行

> 阳光下
> 车上待酒消
> 风雪全无非昨日
> 冰霜还在是今朝
> 凌白挂树梢

跋涉远

> 香舆十日行
> 南访北游一路平
> 东飞西坐季冬晴
> 少年喜盈盈

元旦以来十余日在美东北面试，子敦精神自信十足，胃口很好，余逢餐即饮，坐车、面试尚有酒意，开心也。

一日于波士顿漫天大雪，次日阳光蓝天，有感而作。

2017年1月7日遇大雪

鹅毛飞雪进家心，小火泥炉袅烟轻
再饮几杯方漫步，总愁昆仲忘西京

缅因州印象

驱车长策七百里，欢喜到来大雪乡
佛狸神鸦何处是，祥和一片皑皑装

2017年1月4日。

自认为佳诗

　　有钱难喜无钱饭，年老要说年少言。
　　……
　　……

后　记

　　本诗集继《己丑杂诗》《己丑杂诗二》，收集有自二〇一七年初至二〇二〇年底，四年间余所写二百五十七首诗词，词占约百分之十。

刘三七

二〇二一年十月十一日于办公室

诗稿修改记录

版本	共修改标题	共修改诗词	共修改注释	共修改页数	修改时间
第一稿	9	149	229	6	2021年10月11日
第二稿	5	191	61	-	2021年11月21日
第三稿	1	8	6	7	2021年12月9日
第四稿	8	69	29	110	2022年10月31日
第五稿	-	3	6	-	2022年11月07日
第六稿	2	16	35	6	2022年12月11日
第七稿					
第八稿					
第九稿					
第十稿					
第十一稿					
第十二稿					
合计	25	430	6366	129	

2022年12月11日罗沙统计至六稿